Tom. III. pag. 200.

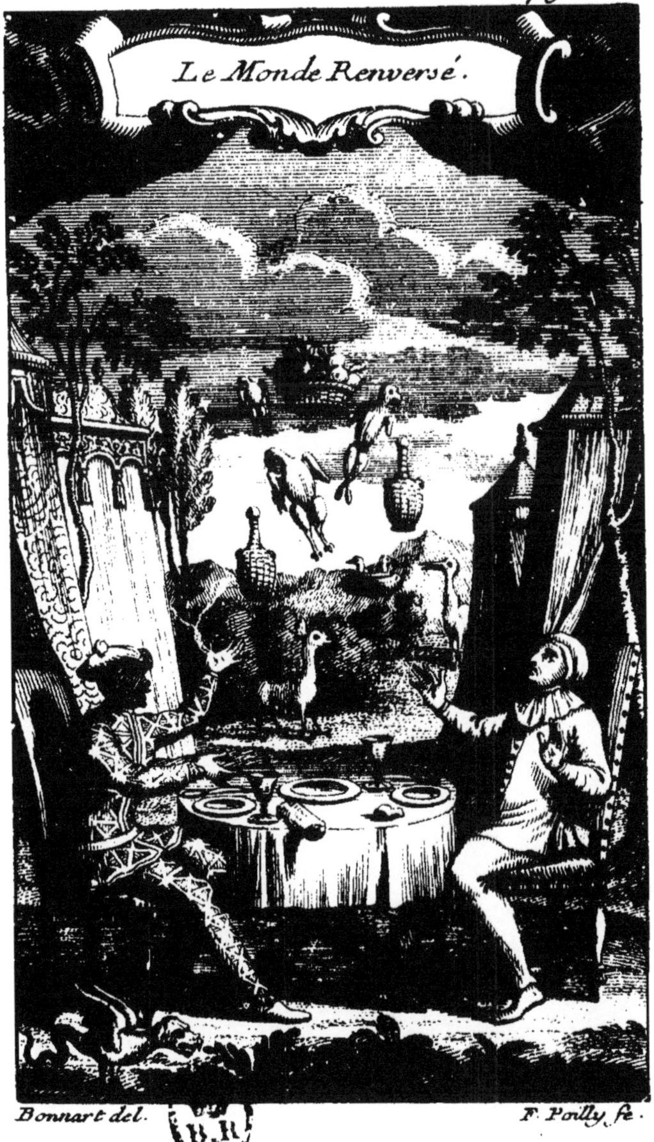
Le Monde Renversé.

Bonnart del. F. Poilly fe.

LE MONDE RENVERSÉ.

Piéce d'un Acte.

*Par Mrs. le S**. & D'Or**.*

Sur le Plan de M. de la F.*

Représenté à la Foire de Saint Laurent 1718.

ACTEURS.

ARLEQUIN,

PIERROT.

Un PHILOSOPHE.

M. de la CANDEUR, Procureur.

M. le CHEVALIER de Catonville, Petit-Maître.

M. PRUDHOMME, Notaire.

HYPOCRATINE, Medecin.

MERLIN, Prophéte, Souverain du
Monde renversé.

ARGENTINE. ⎱ Niéces de Mer-
DIAMANTINE. ⎰ lin.

ZULIMA. ⎱ Rivaux d'Arlequin &
HANIF. ⎰ de Pierrot.

L'INNOCENCE.

La BONNE FOY.

TROUPE d'Habitans du Monde Renversé.

La Scene est dans le Royaume de Merlin.

LE MONDE
RENVERSE'.

L E Theâtre represente une Plaine remplie de Tentes. On y voit des grotesques, des arbres & des animaux extraordinaires.

SCENE PREMIERE.

ARLEQUIN, PIERROT.

On les voit tous deux en l'air montez sur un Grif-
fon, qui traverse deux ou trois fois le Theâtre, &
qui tantôt s'éleve, & tantôt descend

ARLEQUIN, *à Pierrot.*

Air 7. (*Tu croyois, en aimant Colette*)
Tien toy bien.

PIERROT.

Tien-toy bien toy-même.

ARLEQUIN.

Notre cheval vient de broncher.
Il va d'une vîtesse extrême :
Nous allons tous deux trébucher.

PIERROT.

J'ay quelque fois couru la poſte aux ânes ; mais voici le premier Oiſeau que j'aì monté.

ARLEQUIN.

Bon , un Oiſeau. C'eſt un Poiſſon volant ... Mais où diable ce maudit animal nous méne-t-il ?

Le Griffon s'abaiſſe. Arlequin & Pierrot deſcendent.

PIERROT.

Ah ! nous voici à terre !

ARLEQUIN.

Il me ſemble que nous avons bien fait du chemin dans les airs.

PIERROT.

Oui ma foy. Il faut que nous aïons paſſé pardeſſus la Méditerrannée . la riviére de Seine , la Mer noire . & la riviere des Gobelins.

ARLEQUIN.

Il eſt vray. Je crois avoir vu ſous mes pieds Conſtantinople , Chaillot, la Chine & Paſſy. Mais je voudrois bien ſavoir où nous ſommes.

PIERROT.

Et moy, tout de même. Je crains qu'on

ne nous ait tranſportez dans un mauvais
païs.

ARLEQUIN, *regardant de tous côtez.*

Je n'en ay pas bon augure non plus.

AIR 35. (*Tes beaux yeux, ma Nicole*)
Morbleu ! qu'allons nous faire
Mon cher Pierrot, ici ?
Cela me deſeſpere.

PIERROT.

Cela m'afflige auſſi !
Dans ce climat ſauvage,
Sans credit , ſans argent,
Nous reſterons pour gage,
Si l'appetit nous prend.

ARLEQUIN.

S'il nous prend ! Il nous a déjà tout pris.
Eſt-ce-que tu n'a pas faim ?

PIERROT.

Pardonnez-moy, vraïment. & encore
plus ſoif,

ARLEQUIN.

Ah ! que je mangerois bien à preſent un
bon ſauciſſon de Boulogne ; je le croque-
rois juſqu'aux arrêtes.

PIERROT.

Et moy , je boirois bien une pinte de
vin mesure de S. Denis.

Il descend aussitôt du Ceintre sur la tête d'Arle-
quin un gros saucisson , & une bouteille sur celle de
Pierrot.

AIR 48. (*Belle brune , belle brune*)

O merveille *!*

O merveille *!*

Un invisible Echanson

Me fournit une bouteille.

O merveille !

O merveille !

ARLEQUIN.

(*même Air.*)

O merveille !

O merveille *!*

J'aperçois un saucisson

D'une grosseur sans pareille.

O merveille !

O merveille !

PIERROT.

Assûrément , il y a de l'enchantement à
cela.

Ils se jettent sur le saucisson & la bouteille, &
s'asseyent à terre.

ARLEQUIN.

En verité, mon ami, le païs est meil-
leur que nous ne pensions. Il ne nous
manque plus qu'une table à present.

Il sort dans le moment une table à deux couverts
de dessous le theâtre.

PIERROT, *étonné.*

Une table & des couverts !

ARLEQUIN.

Comment diable ! On n'a qu'à souhai-
ter ici. Ah ! je commence à deviner dans
quel païs nous sommes. Nous avons été
tous deux Valets de Merlin.

A I R 10. (*Mon pere, je viens devant vous*)

Après l'avoir servi deux ans ,
Souvien-toi que ce grand Prophete
Nous promit que dans certain tems
Notre fortune seroit faite
Dans un païs rempli de biens.

PIERROT.

Oui , par ma foi , je m'en souviens.

(*même Air.*)

> ... même , il nous dit que ce féjour
> F ...   ...xtraordinaire :
> Qu... nous n'aurions le long du jour
> Qu'à manger , & qu'à ne rien faire :
> Que nous pouvions tout demander ;
> Qu'il nous feroit tout accorder.

C'eft un homme de parole.

ARLEQUIN.

Vivat le Prophete Merlin.

PIERROT.

A I R 3. (*Banniffons d'ici l'humeur noire*)

> Puifqu'on a tout ce qu'on demande ,
> Il me faut un dindon tout cuit.

(*il defcend un dindon.*)

ARLEQUIN.

> Moi , je voudrois , au lieu de viande ,
> Des macarons & du bifcuit.

Il defcend une corbeille pleine de macarons & de bifcuit.

PIERROT.

A I R 1. (*Réveillez-vous , belle Endormie*)

> Je mangerois bien du laitage ,

Pour me rafraîchir les poulmons.

(*il defcend un plat de créme.*)

ARLEQUIN.

Moi , je demande du fromage ,
Avec quelques petits ratons.

(*il defcend du fromage & des ratons.*)

Ils fe mettent tous deux à manger goulûment &
comiquement.

ARLEQUIN , *après avoir mangé tout fon foul.*

A prefent que nous fommes bien *guedez ,*
que demanderons-nous ?

PIERROT.

AIR 23. (*Qu'on apporte bouteille*)

Je fouhaite une fille
De dix-huit à vingt ans :
Qu'elle foit druë & bien gentille ;
Qu'elle ait furtout des yeux friands.

ARLEQUIN.

(*même Air.*)

Et moi , j'en demande une
Dont je fois feul chéri ;
Qui puiffe faire ma fortune ,
Si je veux être fon mari.

(il paroît deux jeunes filles.)

PIERROT.

Ventrebille ! Les voici toutes deux !

ARLEQUIN.

Rien n'eft plus plaifant.

A I R 15. (*Je ne fuis né ni Roi , ni Prince*)

> Quoi donc, on peut fe mettre à table,
> Manger & boire comme un diable ;
> Pour l'écot ne débourfer rien ?
> Après cela, d'une Donzelle
> Si vous fouhaitez l'entretien,
> Vous voyez paroître la Belle.

Mais, mais, il n'y a point d'endroit au monde qui vaille celui-ci.

SCENE II.

ARLEQUIN, PIERROT, ARGENTINE, DIAMANTINE.

Arlequin & Pierrot vont audevant d'elles, & les gracieufent par des réverences, fur lefquelles les deux filles rencherifent.

RENVERSE'.

ARLEQUIN, *à Argentine.*

AIR 8. (*Je reviendrai demain au soir*)

Bonjour, belle Nymphe aux yeux doux.

ARGENTINE, *d'un air soumis.*

Que voulez-vous de nous ? *bis.*

PIERROT, *à Diamantine.*

On voudroit bien vous cajoler.

DIAMANTINE, *faisant la révérence.*

Vous n'avez qu'à parler. *bis.*

ARLEQUIN.

Bonne pâte de filles, ma foi !

(*à Argentine.*)

Hé, comment vous appellez-vous, ma
Mignonne ?

ARGENTINE, *faisant la réverence.*

Je m'appelle Argentine.

ARLEQUIN.

Ah ! le joli nom ! J'en adore les deux
premieres syllabes.

PIERROT, *à Diamantine.*

Et vous ?

DIAMANTINE, *faisant la réverence.*

Diamantine.

PIERROT.

Voilà deux riches noms !

ARLEQUIN, *à Argentine.*

A I R 30. (*Lanturlu*)

Vous avez , ma Reine,
Un air enchanté ,
De la Grecque Hélene
Toute la beauté.
A vos yeux d'ébene
Déjà mon cœur s'est rendu.
Lanturlu , lanturlu , lanturelu.

ARGENTINE.

A I R 27. (*Et zon , zon , zon*)

Je sens aussi pour vous
Une tendresse d'ame ;
Je vous prends pour époux.

ARLEQUIN.

Oh ! doucement, Madame !
Et zon , zon , zon ,
Lisette , la Lisette ,
Et zon , zon , zon ,
Lisette , la Lison.

Tudieu ! Vous ne donnez pas le tems
aux gens de se reconnoître.

ARGENTINE.

AIR 167. (*L'Amour est le protecteur*)

Oubliez-vous donc, Seigneur,
    Ce que vous venez de dire ?
Déjà votre tendre cœur
    Reconnoissoit mon Empire.

ARLEQUIN.

Pour le badinage,
        Bon ;
Pour le mariage,
        Non.

ARGENTINE.

Ouidà ? Oh ! cela ne me convient point.

PIERROT, *à Diamantine.*

Et vous, la Belle, vous ne me dites rien.
Me prenez-vous pour un Mal-peigné ?

DIAMANTINE.

AIR 25. (*Allons, gay*)

Non , non , Diamantine
Ne vous trouve pas laid.

PIERROT, *riant.*

Vous voyez à ma mine
Que je ſuis fort bien fait.
Allons, gay,
D'un air gay, &c.

DIAMANTINE.

Je me ſens du goût pour vous; & je me détermine à vous épouſer : mais craignez d'être infidelle.

ARLEQUIN.

Pourquoi donc ?

ARGENTINE.

C'eſt qu'on enferme ici les Maris volages.

PIERROT.

Diable ! Il y a donc bien des priſonniers.

DIAMANTINE.

C'eſt ce qui vous trompe. Les hommes de ce païs ſe piquent tous d'une inviolable fidelité.

ARLEQUIN.

Et les femmes ?

ARGENTINE.

Tout de même.

ARLEQUIN.

Ce païs-ci eft donc le Monde renversé ?

DIAMANTINE.

Vous l'avez dit.

ARLEQUIN.

C'eft ici qu'il faut fe marier.

AIR 22. (*Le fameux Diogéne*)

Prenez-nous donc , les Belles,
Nous vous ferons fidelles
Jufqu'à votre trépas :
Mais , de peur de furprife ,
Parlez avec franchife ,
Avez-vous des ducats ?

ARGENTINE , *foupirant.*

Hélas !

DIAMANTINE , *foupirant.*

Ahi !

ARLEQUIN , *à Pierrot.*

Hoïmé ! Voilà deux mariages rompus.

PIERROT.

Pourquoi ? Puifqu'on a ici tout ce qu'on
fouhaite , l'argent ne fauroit manquer.

ARGENTINE.

Vous êtes dans l'erreur. Si le Prophete Merlin, en vous faisant ici tranfporter a rempli vos premiers fouhaits , c'eſt par une faveur particuliere.

ARLEQUIN.

Sur ce pied-là , il nous faut des femmes bien rentées.

DIAMANTINE.

Nous ne ſommes que trop riches , & c'eſt ce qui fait dans ce moment toute notre inquiétude.

PIERROT.
D'où vient ?

ARGENTINE.

Nos loix , pour répartir également les richeſſes , défendent aux riches de s'allier enſemble.

ARLEQUIN.
Oh , ho !

DIAMANTINE.

A i r 13. (*Joconde.*)

Si vous poſſedez quelques biens ,
Pour nous quelle triſteſſe !
Il faudra rompre nos liens.

ARGENTINE.

ARGENTINE.

Vaincre notre tendreſſe.

ARLEQUIN.

Puiſque vous cherchez des Epoux
Indigens , miſérables ,
Meſdames , vous trouvez en nous
Deux partis admirables.

Je n'ai pas le ſou.

PIERROT.

Je ſuis la gueuſerie en chauſſes & en
pourpoint.

ARGENTINE.

Quel bonheur !

DIAMANTINE.

Quelle joye !

ARLEQUIN.

Nous ſommes enfin deux Archi-gueux.

ARGENTINE.

A i r 5. (*Quand le peril eſt agréable*)

Ah ! quel plaiſir de vous entendre !
Vous nous charmez.

ARLEQUIN.

Qui l'auroit crû !

C'eſt donc au mérite tout nû
Que vous vous laiſſez prendre.

DIAMANTINE.

Il y a encore une petite difficulté, Meſſieurs. Vous avez deux redoutables Rivaux à combattre.

ARLEQUIN, *mettant les mains ſur ſes côtez.*

Deux Rivaux !

(*en déclamant.*)

. . . J'en combattrois cent mille.
Paroiſſez Navarrois, Mores & Caſtillans . . .

ARGENTINE.

Vous avez du cœur ; j'en ſuis ravie. Sans adieu. Nous allons tout diſpoſer pour ces deux mariages.

DIAMANTINE.

.Soyez-nous fidelles ; nous ſaurons vous retrouver.

ARLEQUIN, *à Argentine.*

Aɪʀ 1. (*Réveillez-vous, belle Endormie*)

Je ſerai conſtant comme un diable.

DIAMANTINE, *à Pierrot.*

Soyez-le auſſi, vous, mon Poulet.

PIERROT.

En m'époufant, mon adorable,
Vous époulerez un barbet.

(Elles s'en vont.)

SCENE III.

ARLEQUIN, PIERROT.

ARLEQUIN.

Pierrot mon ami, notre fortune eft
faite. Voilà deux tréfors que nous allons
poffeder.

PIERROT.

Hé, jarnonbille ! Nous ne les tenons
pas encore ! Diamantine dit comme ça
que nous ayons deux Rivaux qui ne fe
mouchent pas du pied.

ARLEQUIN.

J'en vois les conséquences : Mais tu
n'as qu'à faire comme moy. Tien. Quand
mon Rival viendra, il me regardera de
cette façon-là (il fait fes *lazzis*) Je le
regarderai de celle-ci ... Parlez, me di-
ra-t-il, n'eft-ce pas vous, l'ami, qui venez ici m'écornifler Argentine ? Ouidà,

Monfieur. Qu'en voulez-vous dire ? . . . .
Allez y vous-même. Alors s'il met l'épée
à la main . . .

PIERROT.

Tu la mettras auffi ?

ARLEQUIN.

Ma foi , non. Je lui parlerai naturellement. Je lui dirai : Monfieur vous n'a-
vez qu'à parler , Argentine eft à vous.
Je fuis votre ferviteur de tout mon cœur.

PIERROT, *riant.*

Ah , mardi ! Vla un homme bien réfolu.
Mais quel perfonnage paroît.

Arlequin prend l'épouvante en voyant le Philo-
fophe qu'il s'imagine être fon Rival ; mais il fe
r'affure en l'entendant chanter.

SCENE IV.

ARLEQUIN, PIERROT,
un PHILOSOPHE *en Cavalier*
galant.

Le PHILOSOPHE.

(Il entre en chantant & en danfant.)

A I R 79. (*Le joli , belle Meûniere*)

Le vrai bonheur de la vie

Dans la gaîté gît ;
Et si la Philosophie
Ne chante, & ne rit,
C'est une grave folie,
Qui trompe l'esprit.

PIERROT, *bas, à Arlequin.*

Voici apparemment un fou du Monde
Renversé.

ARLEQUIN, *au Philosophe.*

Courage, Grivois. Allons, gay.

Le PHILOSOPHE.

AIR 168. (*Qu'on a de peine quand on n'a pas*)

Avec sagesse } *bis.*
Passons nos jours : }
Buvons sans cesse, } *bis.*
Aimons toujours. }

PIERROT, *bas, à Arlequin.*

C'est quelque Boufon de la Cour.

ARLEQUIN.

AIR 73. (*Dedans nos Bois il y a un Hermite*)

Charmant Boufon (car vous l'êtes, je gage,
Du Prince de ces lieux) . . .

Le PHILOSOPHE.

Fi donc, Boufon ! Ce n'eſt qu'un perſonnage
Triſte & faſtidieux.
Connoiſſez mieux les gens de mon étoffe :
Je ſuis Philoſophe,
Moy ,
Je ſuis Philoſophe.

ARLEQUIN.

Il n'eſt pas poſſible !

PIERROT.

Qui diantre l'auroit deviné !

Le PHILOSOPHE.

On voit bien que vous êtes des Etrangers, puiſque, malgré mon air gay , vous
pouvez ignorer qui je ſuis.

A I R 8. (*Je reviendray demain au ſoir*)

Nos Philoſophes ſont des gens
bis. Comiques & brillans.

ARLEQUIN.

Ils ne ſont pas ainſi chez nous ;
bis. Ce ſont de vrais hiboux.

Le PHILOSOPHE.

Vous êtes François , aparemment ?

PIERROT.

Vous l'avez dit.

Le PHILOSOPHE.

Je m'en aperçois. J'ai appris que les Philosophes de votre païs étoient des Originaux, qui passoient toute leur vie à disputer.

ARLEQUIN.

On ne vous a pas menti. Et quand ils disputent, on diroit qu'ils vont se manger le blanc des yeux.

Le PHILOSOPHE.

Les extravagans !

Air 28. (*Pour faire honneur à la noce*)

Il n'est ici qu'un système,
Et nous ne disputons jamais.
Vos Savans vivroient tous en paix,
S'ils vouloient bien faire de même.
Il n'est ici qu'un système,
Et nous ne disputons jamais.

ARLEQUIN.

Il a, parbleu, raison.

K iiij

Le PHILOSOPHE.

La Philofophie nous apprend à mettre tout à profit. Nous exerçons en même tems toutes les profeffions qui contribuent à rendre la vie agréable.

PIERROT.

Je veux être Philofophe ici ; ce font de bons vivans.

Le PHILOSOPHE.

Nous fommes Danfeurs, Poëtes & Muficiens.

ARLEQUIN.

Les nôtres ne peuvent fouffrir la Poëfie, ni la Mufique.

Le PHILOSOPHE.

Les pécores ! Nous, comme des Homéres, nous débitons nos maximes, en chantant.

PIERROT.

Cela eft admirable.

Le PHILOSOPHE.

En voulez-vous voir un échantillon ?

ARLEQUIN.

Vous nous ferez plaifir.

Le PHILOSOPHE, *chantant d'abord le simple*
(de l'Air suivant.

AIR 209. (*De Monsieur Gillier.*)

* Heureux qui soir & matin
Peut jouer de la prunelle
Auprès d'une Catin
Tendre, aimable & fidelle.

ARLEQUIN, *branlant la tête.*

Cela est un peu plat.

Le PHILOSOPHE.

C'est que vous êtes accoutumé aux compositions modernes de votre païs. Je vais vous le chanter d'une maniére qui vous fera plaisir.

PIERROT.

Voyons.

Le PHILOSOPHE, *chantant le double.*

Heureux qui soir & matin
Peut jouer de la prunelle
Auprès d'une Ca, Ca, Ca, Catin
Tendre, aimable & fidelle.

* Cet Air a été composé pour tourner en ridicule ceux
de quelques Muficiens.

K v

ARLEQUIN, *satisfait.*

(*il chante*)

Auprès d'une Ca, Ca, Ca, Catin...

Ah ! Voilà ce que j'aime.

Le PHILOSOPHE, *chantant la suite du simple.*

Mais, n'en déplaife à la Donzelle,
C'eft jouir d'un plus doux deftin,
Quand on peut encor avec elle
Avoir d'excellent vin.

ARLEQUIN, *bâaillant d'ennui.*

Cela ne vaut rien.

PIERROT.

Non, ça eft tout d'une venuë.

Le PHILOSOPHE, *chantant la suite du dou-*
(*ble.*

Mais, n'en déplaife à la Don, Don, Donzelle...

ARLEQUIN, *charmé.*

C'eft là ce que je demande.

Le PHILOSOPHE, *continuant.*

C'eft jouir d'un plus dou, dou, doux deftin,...

ARLEQUIN, *chantant la fin de ce vers.*

D'un plus dou, dou, dou…

Ah ! que cela eſt joli !

Le PHILOSOPHE, *continuant.*

Quand on, on, on peut en, en, encor avec elle

Avoir d'excellent vin.

ARLEQUIN, *tranſporté.*

Je me pâme ! Je meurs de plaiſir !

Le PHILOSOPHE.

Que dites-vous de ce : *on, on, en, en, en, en ?*

ARLEQUIN.

C'eſt l'endroit touchant.

Le PHILOSOPHE.

On dit que c'eſt Ovide Naſon qui eſt l'inventeur de ces ſortes de Doubles-là.

PIERROT.

Diable ! C'eſt un habile homme !

ARLEQUIN.

A ce que je vois, Monſieur le Philo-ſophe, tout eſt extraordinaire ici. Je vais parier que les Marchands y ſont ſcrupu-

leux , les Juges incorruptibles , & les
Petit-colets ennemis de la bagatelle.

Le PHILOSOPHE.

Sans doute.

PIERROT.

AIR 5. (*Quand le peril est agréable*)

Mais, dites nous, chez les Notaires
L'argent est il en sûreté ?

Le PHILOSOPHE.

Ils sont tous gens de probité,
Comme les Commissaires.

Mais, Messieurs les Etrangers, dites-moi
à votre tour qui vous êtes ?

PIERROT.

Nous sommes Comédiens à votre service.

Le PHILOSOPHE, *les embrassant.*

Ah ! Soyez les bien venus, mes amis.
On a dans ce païs une considération particuliere pour les personnes de Theâtre.

ARLEQUIN.

Avez-vous ici de bons Comédiens ?

Le PHILOSOPHE.

D'excellens. Ils donnent souvent des

nouveautez & toutes leurs nouveautez réuffiffent.

P I E R R O T.

Vivent-ils bien enfemble ?

Le P H I L O S O P H E.

On ne peut pas mieux.

A R L E Q U I N.

De quelle maniere en ufent-ils avec les Auteurs ?

Le P H I L O S O P H E.

Ils les regardent comme leurs Maîtres.

P I E R R O T.

Jarnicoton ! Sont-ce là des Comediens !

A R L E Q U I N,

A i r 15. (*Je ne fuis né ni Roy, ni Prince*)

Et les Seigneurs dans les couliffes
Vont-ils marchander les Actrices ?
Savent ils attaquer un cœur
Par des fleurettes liberales ?

Le P H I L O S O P H E.

Non. Ils ont tous de la pudeur ;
Les Actrices font des Veftales.

ARLEQUIN.

Des Vestales ! Oh, ma foi, il n'y a plus rien à demander après cela.

Le PHILOSOPHE.

Jusqu'au revoir, mes enfans. Je vais à des noces où l'on m'attend pour être l'Ordonnateur des plaisirs.

SCENE V.

ARLEQUIN, PIERROT.

PIERROT.

Les plaisans Philosophes qu'il y a ici !

ARLEQUIN.

Ils tiennent un peu des Mousquetaires de chez nous.

SCENE VI.

ARLEQUIN, PIERROT, l'INNOCENCE, la BONNE-FOY.

ARLEQUIN.

Quelles Nymphes s'offrent à nos yeux ?

PIERROT.

Elles paroiſſent bonnes perſonnes.

ARLEQUIN, *les ſaluant cavalierement.*

AIR 33. (*La verte Jenneſſe*)

Bonjour, mes Princeſſes.

L'INNOCENCE.

Il eſt familier.

La BONNE-FOY.

Avec des Déeſſes,
L'air eſt cavalier.

ARLEQUIN, *voulant prendre la main de l'In-*
(nocence.

Faiſons connoiſſance.

L'INNOCENCE, *le repouſſant.*

Inſolent, tai-toy.
Tu vois l'Innocence,
Et la Bonne foy.

ARLEQUIN.

Je vous demande pardon, Meſdames.
Je ne vous connoiſſois point.

PIERROT.

Ma foi, ni moi non plus.

La BONNE-FOY.

AIR 15. (*Je ne suis né ni Roi, ni Prince*)

Quoi, nous vous sommes inconnuës !

ARLEQUIN.

Nous ne vous avons jamais vuës.

PIERROT.

Si vous voulez, j'en jureray.

ARLEQUIN.

C'est un fait que je certifie :
Nous avons toujours demeuré
En France, ou bien en Italie.

PIERROT.

Il faut que vous n'ayez jamais été dans
ces païs-là.

L'INNOCENCE.

Pardonnez-moy.

AIR 10. (*Mon pere, je viens devant vous*)

Mais depuis plus de cinq cens ans
Nous faisons notre résidence
Dans ce séjour.

ARLEQUIN.

Ah ! que de gens

Ont mis à profit votre abfence !
Je vous déclare que chez nous
On ne fe fouvient plus de vous.

La BONNE-FOY.

A I R 4. (*Comme un Coucou que l'amour preffe*)

Meffieurs, dites-nous des nouvelles,
Principalement de Paris.

ARLEQUIN.

Je vais, charmantes Immortelles,
Vous mettre au fait fur ce païs.

L'INNOCENCE.

A I R 1. (*Réveillez vous, belle Endormie*)

Il étoit fort peu raifonnable
Au tems où nous l'avons quitté.

PIERROT.

Fi-donc ! Il n'eft pas connoiffable
Tant il eft à prefent gâté.

ARLEQUIN.

A I R 70. (*Va-t'en voir s'ils viennent*)

Le plaifir & l'interêt
Rempliffent vos places.

La BONNE-FOY.

Ce font à l'heure qu'il eft
Ses guides ?

ARLEQUIN.

Oui, s'il vous plaît ;
L'on paſſe pour un benêt
Quand on ſuit vos traces.

L'INNOCENCE.

Air 26. (*Talalerire*)

Comment ſe gouvernent les femmes ?

ARLEQUIN.

En general fort galamment ?
Mais à leurs amoureuſes flammes
Elles cedent différemment :
C'eſt de quoi je vais vous inſtruire.
Talaleri, talaleri, talalerire.

Air 8. (*Je reviendrai demain au ſoir*)

Les unes ont en même tems
bis. Trois ou quatre Galands ;
Et celles qui n'ont qu'un Amant,
bis. Changent à tout moment.

La BONNE-FOY, *à l'Innocence.*

Air 86. (*Pierr'Bagnolet*)

O Ciel ! Quelle extrême licence !
Quel rapport on nous fait, ma Sœur !

L'INNOCENCE, *à Arlequin.*

Ah ! du moins en apparence,
Les femmes ont de la pudeur,
Un air d'honneur,
Un air d'honneur ?

ARLEQUIN.

Oui ; mais c'eſt moins par bienséance,
Que pour r'appeller le buveur.

PIERROT.

Il ne vous ſurfait point.

L'INNOCENCE.

Quelle différence ! On vit ici bien autre-
ment.

AIR 34. (*La jeune Iſabelle*)

Le Bourgeois tranquile,
Bornant ſes déſirs,
Ne va point en Ville
Chercher des plaiſirs :
Sa femme fidelle
Juſqu'à ſon trépas,
D'une ardeur nouvelle
Ne s'enflamme pas.

ARLEQUIN.

Oh ! que ce n'eſt pas de même à Paris !

PIERROT.

C'eſt tout le contre-pied.

AIR 33. (*La verte Jeuneſſe*)

Le Bourgeois volage
Va faire l'amour
Dans ſon voiſinage,
La nuit & le jour.

ARLEQUIN.

Sa femme coquette,
Faiſant paroli,
Souvent fait emplette
D'un Vice-mari.

L'INNOCENCE.

AIR 103. (*Jean de Vert*)

Il n'eſt point ici de méchans ;
Tout vit dans l'innocence.

La BONNEFOY.

Juſqu'aux Fripiers, tous les Marchands
Ont de la conſcience.

ARLEQUIN.

Les Fripiers !

Hé, fi ! Vous moquez-vous des gens ?
Ils n'en avoient pas même au tems
De Jean Devert (*3 fois*) en France.

L'INNOCENCE.

Adieu, jeunes Etrangers. Puifque vous
êtes dans le Monde Renversé , fongez
qu'il faut en prendre l'efprit.

La BONNEFOY.

A I R 38. (*Les Feuillantines*)

Vous ne pouvez être mieux
Qu'en ces lieux:
Les jeunes comme les vieux
Y font fimples , bons , fincéres.
(*elles s'en vont.*)

PIERROT.

Nous y ferons nos affaires.

SCENE VII.

ARLEQUIN, PIERROT.

ARLEQUIN,

A I R 52. (*Lon-lan-la , derirette*)

Pour nous conduire sûrement ,
Prenons tous deux un air Normand
Lonlanla , derirette ,
On en fera la dupe ici ,
Lonlanla , deriri.

PIERROT.

Pourquoy non ? On l'eft bien à Paris.

SCENE VIII.

ARLEQUIN, PIERROT,
M. La CANDEUR, Procureur,
en habit galonné, avec un chapeau garni de plumes, & une épée.

PIERROT.

Oh , ho ! Quel homme vient ici ?

ARLEQUIN.

C'eft apparemment quelque Colonel.

M. la CANDEUR, *les faluant.*

Meffieurs, vous me paroiffez Etrangers. Je vous offre mes petits ferviccs. Je
fuis Procureur.

ARLEQUIN.

Vous , Procureur !

PIERROT.

On vous prendroit plutôt pour un Offi-
cier de Ville.

M. La CANDEUR.

Je fuis, vous dis-je, Procureur, & la Candeur eft mon nom.

ARLEQUIN.

Votre nom & votre habit font fort con-tradictoires à votre profeffion.

M. La CANDEUR.

D'où vient cela ?

AIR 69 (*La Ceinture.*)

Mes pareils font tous fur l'honneur
D'une délicateffe extrême ;
Et qui dit ici Procureur,
Dit l'honneur & la vertu même.

PIERROT.

Pefte !

ARLEQUIN.

Cela donne bien du relief à votre Corps.

M. La CANDEUR

Qu'appelez-vous du relief ? Savez-vous bien que pour parvenir à la dignité de Pro-cureur, il faut avoir trois cens ans de No-bleffe.

ARLEQUIN.

Comment diable ! on y fait donc bien des façons.

PIERROT.

Etes-vous marié , Monsieur,par paren-
thése ?

M. La CANDEUR.

Depuis trois ans je suis en possession
d'une jeune épouse des plus aimables du
Monde Renversé.

ARLEQUIN.

Ne seriez-vous point Cocu,par hazard?

M. La CANDEUR , *étonné.*

Cocu , Monsieur ! Qu'est-ce que c'est
qu'un Cocu ?

PIERROT , *surpris.*

En voici bien d'une autre ! Vous n'avez
donc point de Clercs ?

M. La CANDEUR.

Pardonnez-moy. J'en ay trois , & deux
Pensionnaires.

ARLEQUIN.

Trois Clercs avec deux Pensionnaires ,
& demander ce que c'est qu'un Cocu ! Il
n'y a point chez nous de Procureur si
ignorant.

M. La CANDEUR.

M. La CANDEUR.

Je ne fais ce que c'eft, je vous afsûre.
Apprenez-le-moi, de grace.

ARLEQUIN, *en imbroglie.*

Hé, mais . . . un Cocu c'eft un homme
marié . . . qui . . . a une femme . . . qui . . .
fe trouvant avec un garçon . . qui . . Que
diable, tout le monde vous dira cela.

M. La CANDEUR.

Expliquez-vous plus clairement.

PIERROT.

Oh ! Je vais vous le dire, moy. Un
Cocu, Monfieur, eft tout le contraire du
coq. Le coq a plus d'une poule, & la
femme d'un Cocu eft une poule qui a plus
d'un coq.

M. La CANDEUR.

Ah ! Je vous entends à prefent ! Un
voyageur m'a dit qu'on voyoit ailleurs de
ces femmes-là : mais les nôtres ne leur ref-
femblent point. Nous fommes sûrs d'elles.

AIR 32. (*Du haut en bas*) Rondeau.

Toujours Amans ,
Sans avoir jamais de querelles ,
Toujours amans ,

Tome III.   L

Nous les flattons à tous momens,
Qui pourroit les rendre infidelles,
Quand leurs époux font auprès d'elles
Toujours amans ?

ARLEQUIN.

Je ne m'étonne plus que vos femmes
foient fi raifonnables.

AIR 39. (*Faire l'amour la nuit & le jour*)

Peut-être qu'à Paris
On n'en verroit point d'autres,
Si Meffieurs nos maris
Faifoient comme les vôtres
L'amour
La nuit & le jour.

M. La CANDEUR.

Adieu, Meffieurs. Je vous laiffe. Je
vais avec un de mes confreres accommo-
der deux parties qui veulent plaider. Voilà
M. le Chevalier de Catonville. Si vous
êtes curieux d'entretenir un de nos petit-
Maîtres, vous pouvez l'aborder.

SCENE IX.

ARLEQUIN, PIERROT, le CHEVALIER de Catonville, *habillé comme un Pedant, excepté qu'il a l'épée, avec un large baudrier sur l'épaule.*

PIERROT.

Est-ce là un Petit-Maître ? Misericorde !

ARLEQUIN.

Il a plutôt l'air d'un pied-plat du païs Latin.

(abordant le Chevalier.)

Serviteur à Monsieur le Chevalier. Comment gouverne-t-il ses amours ?

Le CHEVALIER, *mettant le doigt sur sa bou-*
(che.

A I R 15. *(Je ne suis né ni Roi, ni Prince)*

Paix. Apprenez à me connoître ;
Sachez que pour un Petit-Maître
Répandre un amoureux secret,
Est le plus grand de tous les crimes.
Ici Petit-Maître & discret
Messieurs, sont deux mots synonimes.

ARLEQUIN.

AIR I. (*Réveillez-vous, belle Endormie*)

En France c'est tout le contraire :
Un Petit-Maître aime à parler ;
S'il cherche une galante affaire,
Ce n'est que pour la révéler.

PIERROT.

Avez-vous le gousset bien garni , vous
autres ?

Le CHEVALIER.

Nous ne manquons jamais d'espéces.

ARLEQUIN.

Mais , ne vous laissez-vous point harce-
ler par vos Créanciers ?

Le CHEVALIER.

AIR 70. (*Va-t-en voir s'ils viennent*)

Quand ils ont besoin d'argent ,
Nos soins les préviennent.

ARLEQUIN.

Chez nous on est négligent ;
On répond même au Sergent :
Va-t en voir s'ils viennent ,
Jean ,
Va-t en voir s'ils viennent,

Quand vous êtes aux Spectacles, comment recevez-vous les Piéces nouvelles?

AIR 14. (*Voulez-vous savoir qui des deux*)

Sans doute, vous jugez d'abord
Les Auteurs en dernier reffort.
Vos pareils chez nous des ouvrages
Sont de téméraires Cenfeurs.

Le CHEVALIER.

Nous laiffons décider les Sages,
Quoique nous foyons connoiffeurs.

PIERROT.

Nos pauvres Poëtes n'ont pas ce bonheur-là. Tout le monde fe mêle de faire leur procez.

ARLEQUIN.

Ma foi, Monfieur le Chevalier, il ne vous manque plus, pour faire un parfait contrafte avec nos Petit - Maîtres, que de haïr les plaifirs de la table.

Le CHEVALIER.

Nous ne les pouvons fouffrir, furtout, nous abhorrons le vin.

PIERROT.

Quelquefois les nôtres s'en dégoûtent.

AIR 49. (*Jardinier, ne vois-tu pas*)

Quand le vieux & le nouveau
Ne leur font plus d'envie,
Ils laiffent là le tonneau,
Pour aller boire de l'eau
De vie, de vie, de vie.

Le CHEVALIER.

Serviteur, Meffieurs. Je vais chez un jeune Seigneur qui m'attend pour me lire un livre de fa façon. C'est un traité *de la vanité des chofes mondaines* qu'il va mettre fous la Preffe.

(*Il s'en va.*)

SCENE X.

ARLEQUIN, PIERROT, HIPPOCRATINE.

HIPPOCRATINE, *en fourrure de Medecin, ar-* (*rive en danfant, & en chantant :*

AIR 169. (*Qu'un mari foit poulmonique*)

Qu'un Mortel foit poulmonique,
Léthargique, hydropique, afthmatique,
Qu'il foit tout ce qu'il vous plaira.
Tire, lire, lira, liron-fa, fa, fa,

Tire, lire, lira; liron-fa.

Fût-il à l'agonie,

Je le r'appelle à la vie.

Oui, je fais ce miracle-là.

Tire, lire, lira, liron-fa, fa, fa.

Tire, lire, lira, liron-fa.

ARLEQUIN & PIERROT, *danſans*
avec elle.

Tire, lire, lira &c.

PIERROT.

AIR 7. (*Tu croyois en aimant Colette*)

Vertuchou ! petite Coquine,

Que vous avez l'œil aſſaſſin !

HIPPOCRATINE.

Meſſieurs, jamais je n'aſſaſſine ;

Cependant je ſuis Medecin.

ARLEQUIN.

Vous Medecin !

HIPPOCRATINE.

Je ſuis Medecin, Chirurgien, Apotļ-
caire & Maréchal à votre ſervice.

PIERROT.

Ah ! Le drôle de païs ! Quoi, les

femmes se mêlent ici de faire les Medecins ?

HIPPOCRATINE.

Ecau sujet d'étonnement ! Dans les
païs où les hommes exercent la Medecine , les malades en sont-ils mieux ?

ARLEQUIN, *à Pierrot.*

Elle a , ma foi , raison.

PIERROT.

Il est vrai. Le plus habile Docteur
avec tout son latin souvent n'est qu'une
bête ?

HIPPOCRATINE.

Hé ! C'est justement le grec & le latin qui le rendent ignorant. Si les femmes dans le Monde Renversé sont d'ha-
biles Medecins , c'est qu'elles négligent
les livres , & ne consultent que la natu-
re. Aussi tirent-elles d'affaire tous leurs
malades. Il faut nous voir travailler.

A I R 12. (*Amis , sans regreter Paris*)

Nous saignons très-legerement.

(*faisant l'action de donner un remede.*)

Nous donnons avec grace,

Nous purgeons agréablement,
Sans nous fervir de caffe.

PIERROT.

Oh ! A l'égard de çà , nous avons auffi
en France des femmes qui favent faigner
& purger à merveilles.

ARLEQUIN.

Oui ; mais avec cette difference , que
les nôtres ne faignent & ne purgent que
les gens qui fe portent bien.

HIPPOCRATINE.

Quand nous arrivons , par exemple ,
chez un jeune malade , devinez ce que
nous faifons.

ARLEQUIN.

A I R 5. (*Quand le péril eft agréable*)

Pour mettre la main à la pâte ,
D'abord vous lui tâtez le pouls.

HIPPOCRATINE.

Tout au contraire de chez vous ,
C'eft lui qui nous le tâte.

PIERROT.

Voilà qui eft bien extraordinaire !

L v

HIPPOCRATINÉ.

Enfuite.

A I R 170. (*Philis , en cherchant fon Amant*)

Nous lui paffons d'un air fripon
La main pardeffous le menton ;
Et par ce remede innocent ,
Auffi-tôt le Drôle fe fent
Convalefcent.

PIERROT.

Je le crois bien.

HIPPOCRATINE.

Bon foir , mes amis. Je fouhaite que vous deveniez tous deux malades , pour avoir le plaifir de vous guérir.

ARLEQUIN.

Parbleu , Madame la Medecine , vous m'en donneriez prefque l'envie.

(*Elle s'en va.*)

SCENE XI.

ARLEQUIN, PIERROT, ARGENTINE, DIAMANTINE.

ARGENTINE, *pleurant.*

Hé, hé, hé, hé, hé, hé !

DIAMANTINE, *pleurant auffi.*

A I R 2. (*Quand je tiens de ce jus d'Octobre*)

Hélas ! Que faut-il que je falfe !

ARGENTINE.

Ah ! que je crains pour mon amour !

ARLEQUIN.

Ne pleurez pas fi fort de grace ;
Ou je vais pleurer à mon tour.

PIERROT.

Et moi auffi.

*Comme les pleurs d'Argentine & de Diamantine
redoublent , Arlequin & Pierrot fe mettent de la
partie , & pleurent comiquement.*

ARLEQUIN, *après avoir pleuré.*

A I R 4. (*Comme un Coucou que l'amour preffe*)

J'ai fait la chofe en confcience ,
J'ai verfé des pleurs à foifon.
Aprenez moi par complaifance
Si j'ai tort , ou fi j'ai raifon.

DIAMANTINE.

Vous nous aimez ?

ARLEQUIN, *déclamant.*

J'en attefte les Dieux.
L vj

PIERROT.

Ce n'eſt point cela qui vous fait pleurer.

ARGENTINE.

Vos Rivaux furieux vont venir vous diſ-
puter le terrain.

ARLEQUIN.

Hoïmé !

DIAMANTINE.

Juſte Ciel ! Les voici !

PIERROT, *allarmé.*

Où me mettrai-je ?

SCENE XII.

ARLEQUIN, PIERROT, ARGENTINE, DIAMANTINE, ZULIMA, HANIF.

ZULIMA.

Ah ! vous voilà donc, mes petits Meſſieurs ! Je vous cherchois.

ARLIQUIN, *à Argentine, en reculant vers*
(elle.

Séparez-nous, au moins.

HANIF.

Par-la-tête ! Par-la-mort ! Ventrebleu !
Double ventrebleu !

PIERROT, *à Hanif qui s'aproche de lui.*

Mais, mais, tenez-vous donc. Ce n'eft
pas moi qui ...

ARGENTINE.

Arrêtez, Hanif. Vous allez contre la
loy qui défend à un Amant fous peine
de la vie de mettre la main fur fon Rival.

ARLEQUIN, *à Zulima.*

Refpectez la loy, entendez vous ?

ZULIMA.

Rendez-lui graces tous deux.

HANIF.

Suivons donc la coutume. Que le fort
tout-à-l'heure en décide.

PIERROT.

Qu'eft-ce à dire, le fort ? Tire-t-on ici
les femmes à la courte-paille ?

ZULIMA.

Non ; mais on les jouë aux dez.

ARLEQUIN.

En trois raffles comptées ?

ZULIMA.

Au paffe-dix.

PIERROT.

On jouë donc ici une femme comme une marchandife de la Foire ?

HANIF.

On jouë en préfence d'un Notaire qui en dreffe un acte.

DIAMANTINE.

Oui ; mais il faut paffer dix : fans cela, ni les uns, ni les autres ne peuvent nous avoir.

ARGENTINE.

C'eft la loy. Les deux qui ameneront davantage feront nos Epoux.

ZULIMA.

J'ai déjà fait avertir le Notaire. Il va fe rendre ici.

PIERROT, *à Diamantine.*

Je vais tâcher de paffer dix.

DIAMANTINE, *le flatant.*

Je vous en prie.

ARGENTINE, *à Arlequin.*

Allons, mon ami, un bon coup de cornet.

ARLEQUIN, *à Argentine.*

Attendez. Pour être plus sûr de mon fait, je vais chercher des dez pipez.

PIERROT.

Et moi tout de même.

DIAMANTINE, *à Pierrot.*

Oh! point de tricherie.

ARGENTINE, *à Arlequin.*

Non. Il faut jouer naturellement.

SCENE XIII.

Les ACTEURS de la Scene précedente.
M. PRUD'HOMME Notaire.

Le Notaire a une robbe blanche, un rabat de toile noire, & un chapeau blanc. Il apporte une petite table pliante, un cornet, des dez, une écritoire & du papier.

HANIF.

Voici le Notaire.

ZULIMA.

Allons, M. Prud'homme. Mettez-vous en état.

M. PRUD'HOMME, *montrant Argentine &* (*Diamantine.*

Sont-ce là les deux Dames en litige ?

HANIF.

Oui. Et vous voyez les quatre Concur-
rens.

M. PRUD'HOMME.

Voici l'Acte tout dreſſé.

(*il lit :*)

En preſence de moi Notaire ſoûſigné
au païs du Monde Renverſé, & cætera.
Sont comparus d'une part Meſſires Hanif & Zulima, tous deux Regnicoles ;
& de l'autre . . .

(à *Arlequin & Pierrot.*)

Vos noms & vos qualitez.

ARLEQUIN.

Arlequin, Chevalier de la Parade,

PIERROT.

Pierrot, Sieur de la Foire & autres lieux.

M. PRUD'HOMME, *continuant de lire après* *(avoir écrit.*

Etrangers, & cætera. Lefquels quatre
fufdits Seigneurs prétendans à la poffeffion
matrimoniale des Damoifelles Argentine
& Diamantine filles non-ufantes de leurs
droits dans le Monde Renverfé, & cætera.
Lefquels Prétendans ci-deffus mention-
nez, ont pris tour à tour le cornet & les
dez, ont tiré leur coup, & le fort eft tom-
bé, favoir .. en blanc, & cætera. En foy
de quoy ils ont tous conjointement figné
avec moy Blaife Prud'homme Notaire, &
cætera.

PIERROT.

Ça, Arlequin. Nous n'avons qu'à ame-
ner dix & cætera, & nous gagnerons.

M. PRUD'HOMME, *à Arlequin.*

Voilà le cornet & les dez : Jouez.
Après cela, je rempliray les blancs de mon
acte.

ARLEQUIN, *prenant le cornet.*

Allons. Commençons le branle.

(il jette les dez, & amene trois.)

M. PRUD'HOMME.

Trois.

HANIF & ZULIMA, *riant.*

Ha, ha, ha, ha, ha ! .

ARLEQUIN, *d'un air piteux.*

Que trois ! Hoïmé ! Je ne suis pas heureux à ce jeu-là.

ARGENTINE, *soûpirant.*

Quel malheur !

PIERROT.

A moy le dé. Donnez-moy un peu le
cornet.

DIAMANTINE, *à Pierrot.*

Courage mon ami.

PIERROT, *aprés avoir bien frappé la table du*
(cornet.

Si je ne gagne pas, ce ne sera pas faute
d'avoir bien secoué le cornet.

(il amene dix.)

M. PRUD'HOMME

Dix.

PIERROT, *transporté de joye.*

J'ay gagné.

ZULIMA.

Fi donc !

HANIF.

Vous n'avez pas même passé dix.

ARLEQUIN.

AIR 143. (*Ah ! vraiment , je m'y connois bien*)

> Hélas ! mon malheur est extréme !
> Je vais donc perdre ce que j'aime.
> Amener trois ! Ah ! c'est bien peu.

PIERROT.

Dix ! Peut-on perdre à si beau jeu ?

ZULIMA, *prenant le cornet.*

Voyons si je seray plus heureux.

(*il amene quinze.*)

M. PRUD'HOMME.

Quinze.

ARLEQUIN.

Cela ne se peut pas.

M. PRUD'HOMME.

Hé, parbleu ! vous n'avez qu'à regar-
der les dez , ils sont encore sur la table.

HANIF , *prenant le cornet.*

A moy presentement.

(*il amene dix huit.*)

M PRUD'HOMME.
Dix-huit.

PIERROT, *étonné*.

Quel caſſeur de raquettes !

ZULIMA, *à Argentine*.

Aimable Argentine, le ſort favoriſe mes
Vœux.

ARGENTINE ; *ſoupirant*.
O Ciel !

HANIF, *à Diamantine*.
Vous êtes à moy, belle Diamantine.

DIAMANTINE, *ſoupirant*.
Haï !

ARGENTINE , *regardant tendrement Arlequin*.

AIR 63. (*Ramonez-ci , ramonez-la*)

Hélas ! Tu perds Argentine !
DIAMANTINE, *à Pierrot*.

Tu perds ta Diamantine !
ARLEQUIN & PIERROT.

Nous comptions ſur vos appas.
Ramonez-ci ramonez-la ,
La , la , la.
La cheminée du haut en bas,

*Arlequin, Pierrot, Argentine & Diamantine
pleurent tous quatre.*

ZULIMA.

Suivez-nous les belles.

*L'Orchestr· jouë en cet endroit un air brusque
qui annonce l'arrivée de Merlin.*

ARGENTINE.

AIR 57. (*Bouchez, Naïades, vos fontaines*)

Quels sons bruyans se font entendre ?

DIAMANTINE.

Notre oncle Merlin va descendre.

ARLEQUIN.

O Ciel ! Les Niéces de Merlin !

PIERROT , *transporté de joye.*

Arlequin, c'est notre bon Maître.

ARLEQUIN.

Il va changer notre destin ,

(*à Hanif & à Zulima.*)

Et vous envoyer tous deux paître.

SCENE XIV.

Les ACTEURS de la Scene précedente.
MERLIN *dans les airs sur son char
tiré par deux Griffons.*

MERLIN.

Air 14. (*Voulez-vous savoir qui des deux*)

Mes Niéces, calmez vos douleurs.
Je veux pour essuyer vos pleurs,
Et reconnoître le service

(*montrant Arlequin & Pierrot.*)

De ces deux fidelles Valets,
Qu'avec eux l'hymen vous unisse,
Et comble vos tendres souhaits.

ZULIMA.

Air 11. (*On n'aime point dans nos forêts*)

Mais quoi, Seigneur, c'est donc envain
Que pour nous le sort favorable...

MERLIN.

Ce sort à votre Souverain
Aujourd'hui n'est point agréable.

HANIF, *s'humiliant.*

Seigneur, vous pouvez tout changer.

MERLIN.

Je saurai vous dédommager.

Allez. Retirez-vous.

Zulima & Hanif font une profonde reverence au Prophete, & s'en vont.

PIERROT.

Ma foi, les voilà tondus.

SCENE XV.

MERLIN, ARLEQUIN, PIERROT, ARGENTINE, DIAMANTINE.

ARLEQUIN, *à Merlin, se brouillant.*

En verité, grand Merlin... effecti-
vement... vos Niéces.... assurémen
méritoient...

PIERROT.

Enfin vous êtes trop obligeant, & nous
vous sommes obligez de l'obligation...

MERLIN, *les interrompant.*

A I R 10. (*Mon pere, je viens devant vous*)

Ce n'est pas tout. Enfans, je veux,

Par le pouvoir de ma baguette,
Vous rendre honnêtes-gens tous deux,
Pour vivre dans cette retraite.
De dol, de malice paîtris,
Vous pourriez m'en faire un Paris.

(frappant de sa baguette Arlequin & Pierrot.)

A I R 56. (*Pour passer doucement la vie*)

Sortez promptement de leurs ames,
Esprit affreux d'iniquité,
Désirs gloutons, vices infâmes ;
Faites place à la probité.

*A chaque parole du Prophete, Arlequin &
Pierrot font comme s'ils sentoient en eux quelque
changement. Ce qu'ils marquent l'un & l'autre
par des exclamations.*

PIERROT.

A I R 12. (*Amis, sans regreter Paris*)
Je sens que l'honneur comme un dard
Vient d'entrer dans ma panse.

ARLEQUIN.

Et moi, déjà d'un franc Picard
Je me sens l'innocence.

MERLIN.

A I R 28. (*Pour faire honneur à la noce*)
Venez dans cette journée,

Peuple,

Peuple, qui vivez fous mes loix.
Venez, accourez à ma voix,
Pour célébrer cet hymenée.
Venez dans cette journée,
Peuple, qui vivez fous mes loix.

(*Merlin difparoît avec fon char.*)

ARLEQUIN.

Eh ! où allez-vous donc, mon Oncle ?
Ne voulez-vous pas être de la noce ?

ARGENTINE.

Il reviendra ce foir. Divertiffons-nous.

DIAMANTINE.

Air 9. (*Quel plaifir de voir Claudine*)

Marquez votre obéïffance ;
Peuple, foyez empreffé.
Faites voir comme l'on danfe
Dans le Monde Renverfé.

SCENE XVI.
& derniere.

ARLEQUIN, PIERROT,
ARGENTINE, DIAMANTINE,
TROUPE d'Habitans du Monde
Renverfé.

Le Balet commence par quatre Danfeurs qui danfent fur les mains.

Tome III.   **M**

ARGENTINE, *après cette danse , leur dit :*

Enfans , c'est assez. Que l'on danse presentement dans un goût Etranger , à la Françoise.

Quatre Danseurs & quatre Danseuses habillez singuliérement forment une danse , après laquelle se chantent les couplets suivans.

BRANLE.

Premier couplet.

ARGENTINE.

AIR 210. (*De Monsieur Gillier.*)

Qu'un Petit-Maître amoureux
Fasse tout pour être heureux ,
C'est le monde à l'ordinaire ;
Mais qu'il fasse l'empressé ,
Après qu'il a sû nous plaire ,
C'est le monde renversé.

Second couplet.

ARLEQUIN.

Qu'une Coquette à trente ans
N'ait que cinq ou six Amans ,
C'est son monde à l'ordinaire ;
Mais que d'un seul trait blessé

Son cœur n'ait qu'un Locataire,
C'est le monde renversé.

Troisiéme couplet.

DIAMANTINE.

Que certain Petit-colet
En Public soit fort discret,
C'est le monde à l'ordinaire ;
Mais qu'il ait son air pincé
En secret chez sa Lingere,
C'est le monde renversé.

Quatriéme couplet.

ARLEQUIN.

Que le Cothurne jaloux
Blâme ce qu'on fait chez nous,
C'est le monde à l'ordinaire ;
Mais que par l'honneur poussé,
Il s'efforce de mieux faire,
C'est le monde renversé,

FIN.

9 782019 191726